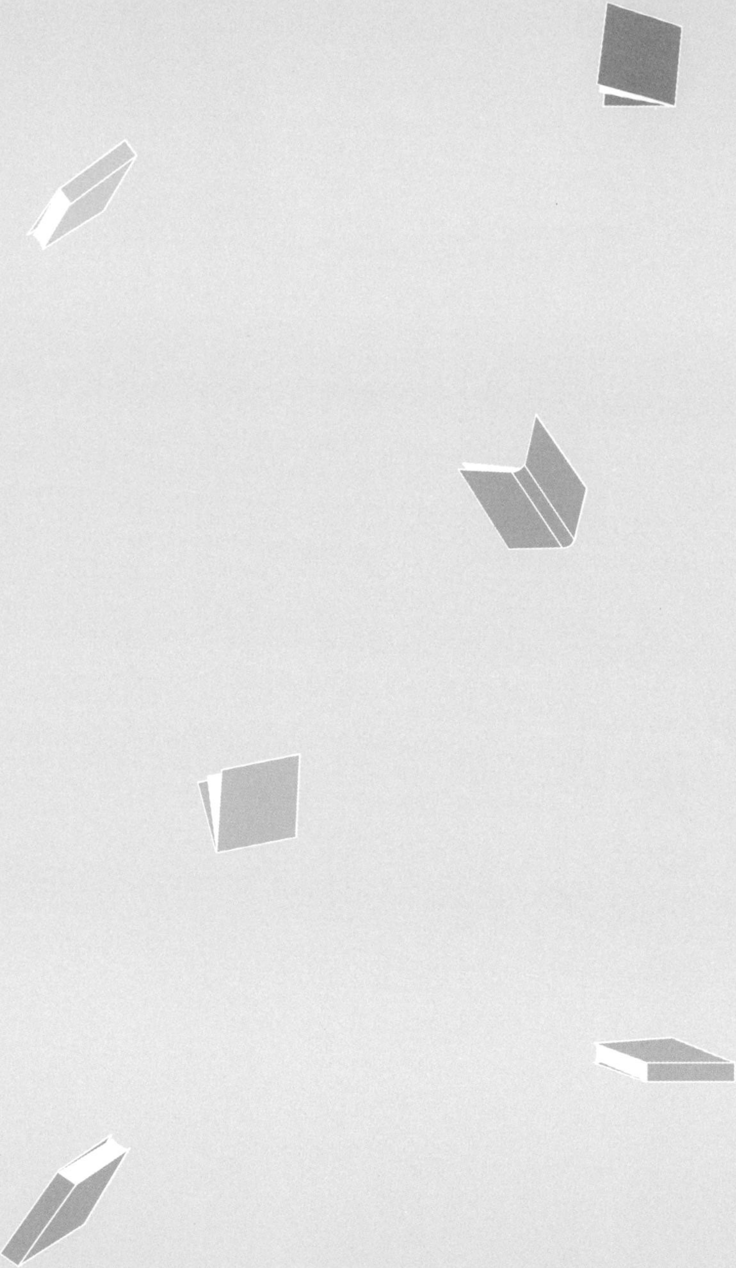

閱讀123

國家圖書館出版品預行編目（CIP）資料

小火龍便利商店 / 哲也作 ; 水腦繪. -- 第二版. --
臺北市 : 親子天下, 2017.09 144面 ; 14.8x21公分
ISBN 978-986-95047-5-1(平裝)
859.6　　106010215

閱讀 123 系列　030

小火龍便利商店

作者｜哲也
繪者｜水腦

責任編輯｜許嘉諾、陳毓書
美術設計｜林家蓁
行銷企劃｜王予農、林思妤

天下雜誌群創辦人｜殷允芃
董事長兼執行長｜何琦瑜
媒體暨產品事業群
總經理｜游玉雪　副總經理｜林彥傑
總編輯｜林欣靜　行銷總監｜林育菁
副總監｜蔡忠琦　版權主任｜何晨瑋、黃微真

出版者｜親子天下股份有限公司
地址｜台北市 104 建國北路一段 96 號 4 樓
電話｜（02）2509-2800　傳真｜（02）2509-2462
網址｜ www.parenting.com.tw
讀者服務專線｜（02）2662-0332　週一～週五：09:00~17:30
讀者服務傳真｜（02）2662-6048　客服信箱｜ parenting@cw.com.tw
法律顧問｜台英國際商務法律事務所．羅明通律師
製版印刷｜中原造像股份有限公司
總經銷｜大和圖書有限公司　電話（02）8990-2588

出版日期｜ 2011 年 1 月第一版第一次印行
2024 年 8 月第二版第二十七次印行
定價｜ 280 元
書號｜ BKKCD080P
ISBN ｜ 978-986-95047-5-1（平裝）

小火龍
便利商店
文 哲也
圖 水腦

目錄

角色介紹……004

1. 黑森林邊的便利商店……007

2. 火龍家的火鍋旁……019

3. 巫師的便利商店……027

4. 來自銀河的另一邊……051

5. 度假中的老巫婆……071
6. 第二天……077
7. 森林邊的演唱會……095
8. 宇宙間最便宜的加油站……117
9. 小火龍的花園餐廳……129

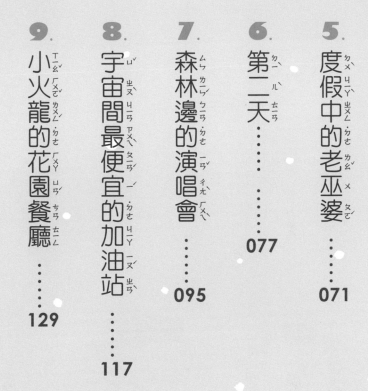

作者託播廣告

第一集《火龍家庭故事集》

第二集《小火龍棒球隊》

演員介紹：

小火龍

其實已經不小了，卻還不太會控制自己的噴火量。被火龍學園退學後，爸媽還是很愛他。喜歡打電動，喜歡打棒球，但是還不知道自己最想做的是什麼。

火龍媽媽

為了家人，連母親節都不能好好過，但是她看起來總是很快樂的樣子。連屠龍騎士都和她變成好朋友。

火龍爸爸

從辛苦的烤玉米工作退休以後，開創了玉米脆片的事業，共有四種口味：碳燒、青椒、奶油……還有一種口味是什麼？（答案請見第一集）

小暴龍

永遠吃不飽，什麼都想吃。

九頭龍小妹妹

小火龍的鄰居，每個頭都很可愛。

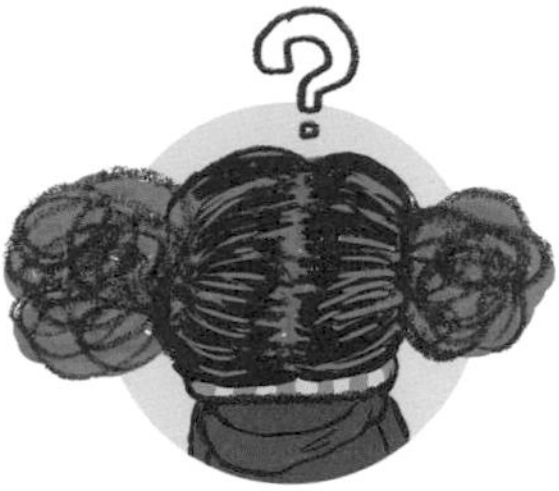

神祕的小女孩

本集的神祕嘉賓。

巫師

本來是一個正直的好人，因為向巫婆求婚被拒絕，一氣之下，就在森林西邊開了一家便利商店，專門和森林東邊巫婆的商店搶生意。

讀者

就是聰明又可愛的你。大家都愛你，因為沒有你，作者就不會寫這本書。

還有誰沒介紹到的？
作者

還很多……算了，趕快開始吧！
編輯

1. 黑森林邊的便利商店。

叮咚！便利商店的
門開了。
小火龍探頭進來：
「阿婆！我來了。」
正在店裡挑零食的
王子們全都嚇了一跳，
紛紛拔出劍來。

「不用緊張，沒事沒事。」坐在櫃檯後面的老巫婆，從老花眼鏡下面抬起眼說。

「他是？」一位手裡拎著王子麵的王子問。

「新來的工讀生。」

「原來如此。」王子們紛紛把劍收回劍鞘。

巫婆向小火龍揮揮手說：「快進來，外面冰天雪地的，暖氣都跑掉了。」

「是。」小火龍把身上的雪花抖掉，低頭鑽進便利商店裡，忽然張開血盆大口：「啊啊啊……」

正在挑飲料的王子們又嚇了一跳，紛紛拔出劍來。

「啊嚏！」小火龍打了個大噴嚏。

「原來如此。」王子們紛紛把劍收回劍鞘。

「外面很冷吧。」老巫婆拿了一條大毛巾，幫小火龍擦乾背脊。「真不好意思，要你在這麼糟糕的天氣開始上工。」

「沒關係，反正冬天不能打棒球，整天待在家也夠無聊的了。」小火龍笑著說，鼻水滴到櫃檯上等著結帳的關東煮的湯裡。

「啊！我的關東煮……」正要掏錢的王子快哭出來了。

NO~!
關東煮
阿婆

「沒關係，你看，只有一滴而已，我幫你舀掉。」老巫婆安慰他說。「再幫你多加一點湯就吃不出來了。」

「我不想吃了……」王子嘟著嘴說。

「這年頭的王子都這麼嬌生慣養。」巫婆搖著頭。

「我們小時候湯圓掉在地上，撿起來吹一吹就吃掉了。」

「我不想再來這一家店了。」

王子氣呼呼走出去，回頭又加一句：「黑森林另外一邊，那家巫師的便利商店，比你們好太多了，哼！」

老巫婆看著他的背影，搖搖頭，拿出菸斗，向小火龍使個眼色。

「小火龍。」

「是！」

轟。小火龍從鼻孔噴出一道火焰。

其他正在排隊等著結帳的王子們都嚇一跳，紛紛拔出劍來。

火焰點燃了菸斗上的菸草，巫婆吐出一個煙圈。

「我說小火龍啊，」巫婆整理一下燒焦的頭髮說：「下次不需要這麼大的火。」

「是。」還不太會拿捏力道的小火龍紅著臉點點頭。

王子們把劍收回劍鞘，然後從口袋拿出手帕，把被火焰燻得黑漆漆的臉孔抹一抹。

「我們也不會再來這裡買東西了！」他們說。叮咚！便利商店的門開了。王子們爭先恐後跳上馬背，逃離這家黑森林東邊的便利商店。

「啊，顧客全跑光了。」老巫婆抽著菸斗，看著窗外說。

雪越來越大了，黑森林東邊唯一的一家便利商店，顯得好孤單。

2. 火龍家的火鍋旁。

「這樣下去怎麼行？」

這天晚上，火龍家溫暖的餐桌上，火龍媽媽撥著火鍋底下的炭火，一邊說：

「阿婆好心給你一份工作，你可別越幫越忙。」

「那有什麼辦法。我個子這麼大，店裡那麼小，一不小心就

會闖禍。」

「那就算了吧。你明天去跟阿婆說，這工作你做不來。」

「不行。」小火龍嘴裡含著一顆魚丸，搖搖頭。

「為什麼？」

「阿婆說，這裡的天氣讓她腰痠背痛，明天她就要飛到溫暖的南方去過冬了。」小火龍說：「她說，這個冬天，這家店就交給我了。」

「交給你？」
爸爸媽媽眼睛睜得像貢丸一樣大。
「她放心嗎？」

「本來不放心，可是看過水晶球以後，她就放心了。」

「巫婆的水晶球？她看到什麼？」

「看到閃閃發光的金幣，轉啊轉的。」小火龍盯著火鍋冒出來的白煙，回憶著說：「阿婆預言說，這表示我就要為她賺進大把大把的金幣了，我真是她的貴人啊！」

小火龍哈哈大笑。

火龍媽媽和火龍爸爸互相看了一眼，又看看窗外片片飄落的白雪，然後低頭繼續吃火鍋。

「媽，你們不相信我嗎？」小火龍不服氣的說。

「媽怎麼會不相信你呢。」火龍媽媽嘴裡含著花枝丸說，用腳趾頂了頂火龍爸爸。

「那……」火龍爸爸咳嗽了兩聲，才說：「阿婆有沒有跟你談薪水的事呢？」

「阿婆說她不會虧待我的。她說，像我這樣有為的年輕人，不應該領死薪水，所以她決定這個冬天，不管這家店賺多少，都……」

「都全部給你？」

「都會分我十分之一。」

火龍媽媽和火龍爸爸互相看了一眼，又看看窗外片片飄落的白雪，然後低頭繼續吃火鍋。

窗外的雪好像越來越大了。

3. 巫師的便利商店。

「受到氣候異常的影響，黑森林地區的大雪已經連下十天了。各位王子、各位公主，如果沒有必要，請不要外出，如果要外出，請注意保暖，如果沒有保暖，感冒了，請到老巫師便利商店購買魔法感冒糖漿。不管是發燒咳嗽流鼻涕，頭痛胃痛香港腳，一服見效。本

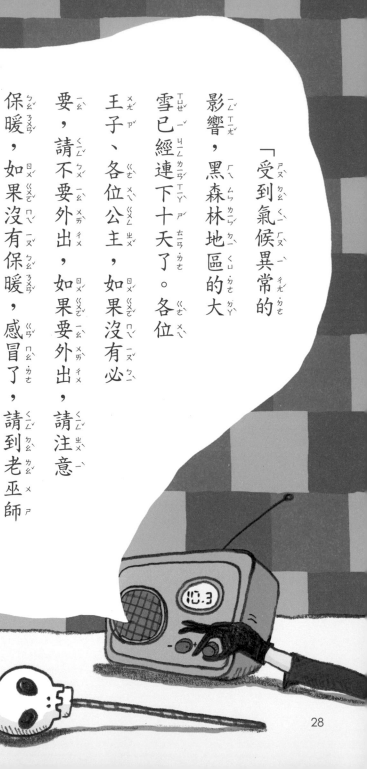

節目由老巫師贊助提供。接下來，要為大家播放的是，白雪公主在她的最新專輯裡自彈自唱的歌曲『大雪大雪下不停』……」

黑森林的西邊，巫師便利商店裡的收音機，播放著白雪公主走音的歌聲。

「大雪大雪下不停，白雪公主好心情。下廚房，做鬆餅，一塊餅、兩塊餅、三塊餅啊四塊餅……」

正在店裡買感冒糖漿的王子們都摀住耳朵。

「這是什麼歌啊？」他們說：「白雪公主根本就不會唱歌，竟然還出唱片，怎麼沒有人阻止她？」

「有啊，以前皇后想用毒蘋果阻止她，可惜失敗了。」

「唉。為什麼我們這個國家連一個會唱歌的人都沒有啊？」

老巫師從櫃檯後面笑咪咪的探出頭來。

「大家對這首歌的反應很熱烈喔。我猜你們現在一定很想吃吃看白雪公主親手做的鬆餅吧？真巧，本店就有賣！免費試吃活動，現

在開始！」巫師從櫃檯下拖出一盤鬆餅，舉起手杖一揮，灑下亮片似的金光，鬆餅馬上散發出迷人的香味。

王子們勉強試吃一口，眼睛突然發亮。

「怎麼會好吃成這樣？」他們喊：「一吃進嘴裡，好像有星星在嘴裡閃耀，好像有海浪在舌頭上拍打……」

「現在你們再聽聽她唱的歌。」巫師把收音機的音量轉大一點：

「大雪大雪下不停，七矮人呀在哪裡？一個在洗碗，一個在拖地，一個去蹓狗，一個洗廁所……」

「咦，怎麼變得這麼好聽？」王子們更驚奇了。

「這麼美妙的音樂，我們竟然不懂得欣賞。請問這張唱片要去哪裡買？」

巫師拉開櫃檯上方的櫥架，那裡整整齊齊擺了一排CD唱片。

「真巧，本店就有賣！不過這張唱片太搶手，只剩這最後一批了。」

王子們爭先恐後掏錢把架子上的唱片搶購一空。

叮咚！這時候，便利商店的門開了。一個小女孩探頭進來。「請問……」

「歡迎光臨，你也是來搶購白雪公主最新專輯的嗎？」巫師笑咪咪的從櫃檯底下又抱出一箱ＣＤ唱片。「真巧！本店就有賣！只剩下這最後一批了。」

「不。」女孩抓抓頭說：「我是想請問，你們有賣美乃滋嗎？」

「美乃滋？」老巫師皺起眉頭。「賣完了。」

明星商品
退貨
白雪公主CD

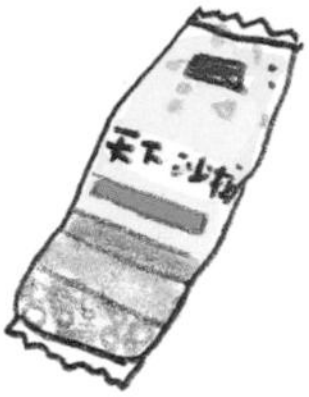

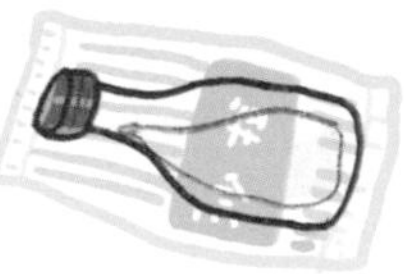

「那……什麼時候會再進貨？」女孩問。

「那種便宜的東西，本店不打算再賣了。」巫師揮揮手。「去去去，窮小孩別來這裡。你沒看見現在店裡都是高貴的王子嗎？」

小女孩撇撇嘴，正要離開時，歪頭聽了聽收音機傳來的歌聲。

「收音機壞了嗎？」她歪著頭問。

老巫師和王子們都回頭瞪她一眼。

小女孩吐吐舌頭，把門關上。

黑森林的另外一邊，小火龍的便利商店孤伶伶站在白雪中。

黃昏了，商店的招牌亮了起來。

小火龍走出店來，把店門口海報上的積雪拍一拍。

海報上寫著：「老闆不在家，全部大特價！」

小火龍搖搖頭。花了他一整個晚上才想出來的廣告詞，一點用也沒有。今天總共只有三個客人上門，其中兩個是來問路的。

「唉，經營一家店真是不容易啊。」他看著眼前積雪的森林嘆氣。

「這種天氣，不會有客人來了，提早關店吧。」

一個小女孩從森林裡走出來。

小火龍張大眼睛。

女孩一步一步在雪地上留下小小的腳印，走到小火龍面前，抬起頭看著他。「哇，一頭火龍？」

小火龍點點頭。

「你們有賣美乃滋嗎？」

小火龍愣了一下。「你冒著風雪走過森林，只是為了買美乃滋？」

小女孩點點頭。「有沒有賣嘛？」

「當然有。」

小女孩高興得跳起來，捧著小火龍的鼻子親了一下，然後回頭大喊：「他們有賣耶！我們得救了！」

接著，森林裡跑出一隻大白熊。他一邊歡呼，一邊拉著繩子，從森林裡拉出一架橫躺著的小火箭。小火箭上有四個木頭輪子，在雪地上發出咕嚕咕嚕的聲音。

「把你們店裡最大罐的美乃滋拿來！」

小女孩對小火龍大喊。

小火龍趕緊跑進店裡。

「哪！」他把美乃滋遞給女孩。

女孩跑到火箭旁，掀開油箱蓋，把一大瓶美乃滋全部擠進去。

「發動看看！」

大熊擠進火箭的駕駛座，按下按鈕。火箭抖動起來。

「行了！」小女孩跳進火箭後座。「升空吧！」

「喂！」小火龍喊：「等一下……」

「謝謝你！後會有期了！」小女孩

向小火龍揮揮手。

火箭冒出火焰，咻！飛上半空中……在半空中劃出一道美麗的弧線，又掉下來。

轟。一陣煙霧。

女孩咳嗽著，從墜落在雪地裡的火箭中爬出來。

「你還好吧？」小火龍低頭看著她。

「沒事沒事……」女孩拿出梳子整理整理她的秀髮，「一定是美乃滋加得不夠多。對了，你剛剛好像想跟我說什麼是嗎？說吧，我現在有時間聽了。」

「我是要說……」小火龍看著這個奇怪的女孩，「麻煩請先到櫃檯結帳。」

4. 來自銀河的另一邊。

小火龍的便利商店裡，小女孩坐在小板凳上，搖晃著雙腳，喝著一杯熱巧克力。

「……簡單說就是：我開著小火箭離家出走，飛越銀河，沒想到燃料用完了，只好迫降在你們星球。」

「你是說，你家住在銀河系的另一邊？」

小女孩閉著眼睛點點頭。

「我知道，不管我怎麼解釋，對你們這些落後文明的低等生物來說，都是很難相信的。」

「不會啊，」小火龍坐在櫃檯後面，托著下巴說：「反正就是外星人嘛，電視上常常演。」

「真的？」小女孩高興的跳下椅子。「那你應該就會知道，我們外星人身上是不會帶你們的錢幣的。」

「沒關係，算了，就算是小店免費招待好了。」小火龍嘆口氣。「反正只是一瓶美乃滋而已。」

「只是美乃滋？」小女孩張大眼睛，

一副好驚訝的樣子。「美乃滋在我們星球上是最珍貴的資源呢！所有的交通工具都需要靠美乃滋才行，你竟然說得這麼輕描淡寫！你一定是一個大富翁！」

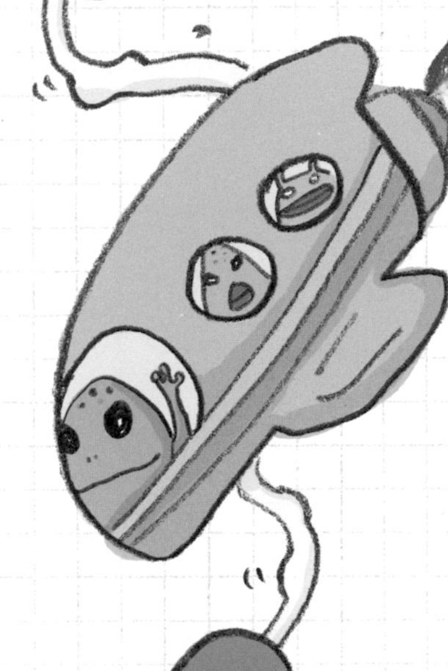

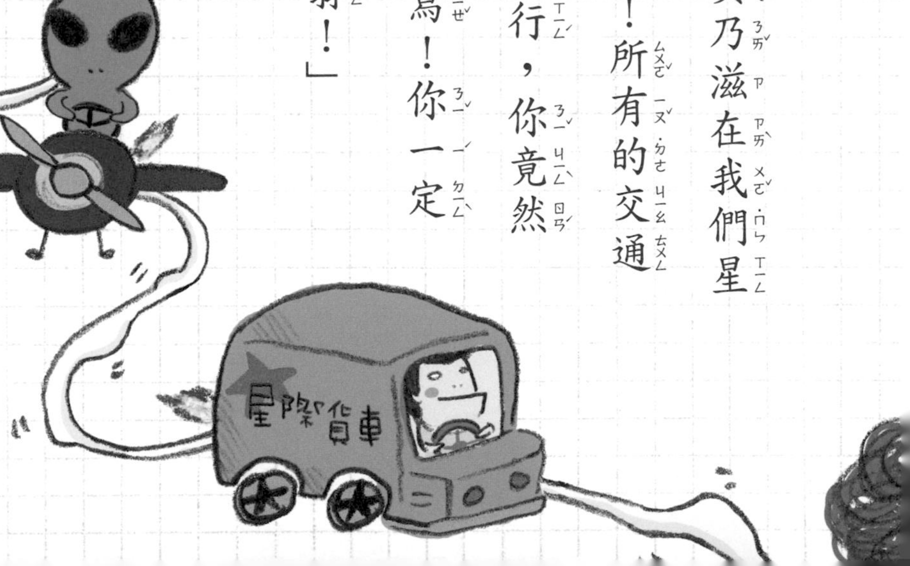

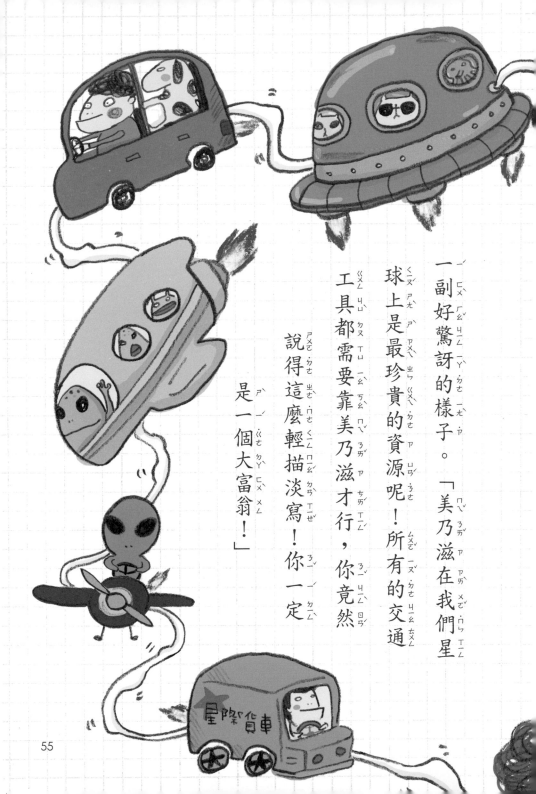

「才怪，我只是個來打工賺零用錢的窮孩子。」小火龍看著窗外的雪景。「現在可能連零用錢都賺不到了。」

小火龍就把以前的店長老巫婆多不會做生意，害得客人越來越少，現在每天下雪，生意更糟糕……這些事，都唉聲嘆氣的跟女孩說了。

小女孩歪著頭看著憂愁的小火龍。

「那如果你生意很好呢？」

「什麼意思？」

「如果你生意很好、賺很多錢，那你要做什麼？」

「如果有錢，什麼都能做啊！」

「什麼都能做……我懂了，其實你不知道自己真正想做什麼……」小女孩看著窗外。「我還以為你是因為無法實現夢想才那麼難過。」

小火龍愣了一下。

「……夢想？」

「就是你做夢都會想到的事啊！一想到就覺得世界真美好的事呀。」女孩雙眼發光。「像我就有

一個夢想。不過我不會隨便告訴別人。」

「不能說嗎？那就算了。」

「除非你求我。」

「求求你。」

「好吧，看在你苦苦哀求的份上，我跟你說……」

小女孩像說一個祕密似的小聲說：「我從小的夢想，就是希望有一天能夠開演唱會。」

「演唱會？」

女孩點點頭，從架子上拿了一管牙膏，
當作麥克風唱了起來：
「我喜歡陽光，我喜歡歌唱，
喜歡讓音符飛到藍天上。
我喜歡深呼吸，我喜歡發光，
喜歡把別人的心都照亮。
飛過銀河系，躲過流星雨，

穿越人馬座，繞過土星環，
只為了尋找我的夢想舞臺，
那發光發亮的地方。
我是一個星際小歌手，
帶著大熊走十方。
我是一個星際小歌手，
坐著小火箭到處流浪。」

感覺好像一百朵花在心中綻放一樣，小火龍不禁嘆了一口氣。

「唱得不好嗎？」小女孩咳嗽了兩聲。「不好意思，天氣太冷，嗓子有點啞。」

「不，」小火龍說：「這是我聽過最美的歌了。」

「真的嗎？」女孩高興得把牙膏都擠了出來。「那我來當你的代言人好了！」

「代言人？」

「就是幫你唱廣告歌曲做宣傳啊。歌曲走紅以後，人家來訪問我，我就說：『我最愛到小火龍便利商店買東西了！』」小女孩比手畫腳說：「這麼一來，你的店就會人潮不斷了。」

「真的嗎？」小火龍半信半疑。

「當然！」小女孩喊。

「好吧。」小火龍看著她發亮的眼睛，笑了。

「太好了！」小女孩歡呼。「可是我的代言費不便宜喔。」

「嗯……你說說看。」

「可能要兩瓶美乃滋。」

小火龍笑了。「如果你真有這本事，送你一箱都沒問題。」

「哇！你好慷慨！」

小女孩跳起來，抱住小火龍的鼻子親了一下，然後向玻璃門外的大熊招招手。

「熊，我們有新工作了！」

大熊興奮的跑進店裡來。

小女孩拍拍小火龍的背脊。

「身為你的代言人，我要先檢查你們店裡賣的東西是不是真的品質優良。」

女孩指揮大熊，開始把架子上的東西打開來抽樣檢查。

「喂，等一下……」小火龍喊。

喀，小女孩咬了一口夾心餅，又吐出來。

「這是不是過期了？」她看看包裝上的標示。「果然！」她又伸出手指，抹了一下商品架。

「你看！架子上都是灰塵。」小女孩插著腰大喊：「這樣是不行的，難怪沒人要來光顧！」

「可是，阿婆她以前就是這樣做生意的呀！」小火龍解釋。

小女孩咚咚咚走到他面前。

「你這種態度，是沒有客人會喜歡的喔！現在開始，不管客人抱怨什麼，都要先道歉，懂不懂？」小女孩頂著小火龍的鼻子說：「聽好了，只要我們兩個合作，一定可以把這家便利商店改頭換面，讓你賺進大把大把的金幣！」

「大把大把的金幣？」

小火龍想起巫婆在水晶球裡看到的景象。「金光閃閃的金幣？」

小女孩堅定的伸出手來。小火龍看著她的眼睛。「好吧！我相信你。」小火龍的大手握住她的小手。

5. 度假中的老巫婆。

南方溫暖的小島上，浪花拍打著沙灘，燦爛的陽光閃耀著。老巫婆躺在陽傘下，喝著企鵝服務生送來的橘子汁。

「不知道小火龍現在怎麼樣了？」她心想。

老巫婆從行李袋裡拿出水晶球。

「水晶球啊，請告訴我，我店裡的小火龍現在經營得怎麼樣？」

水晶球裡出現一枚金幣，一閃一閃。

「太好了，我的擔心是多餘的。跟上次的預測一樣，小火龍一定會為我賺進很多的金幣。」老巫婆喝了一口橘子汁，又問：「那請再告訴我，明天的天氣怎麼樣？」

水晶球裡還是出現一枚金幣，一閃一閃。

「咦？」老巫婆歪歪頭。「那……請幫我預言，我晚餐會吃什麼？」

水晶球裡還是出現一枚金幣，
一閃一閃。

老巫婆拿出手機，打電話給水晶球維修公司。

「我的水晶球一直出現一閃一閃的金幣圖案，那是怎麼回事？」

「那表示您的水晶球沒電囉。只要花一枚金幣，我們就可以幫您充電一次。」

「原來如此。」

老巫婆掛了電話，看著大海的浪花，擔心了起來。

巫記 老店
6.
第三天……

第二天，小雪，樹梢有微微的陽光……

小女孩騎著大熊從森林裡衝出來。

「小火龍！小火龍！」她揮手喊。

正在修理招牌的小火龍對女孩招手。「你看，我把招牌重新設計過了，現在看起來不老氣了吧？」本來陰森森的「巫記老店」招牌，現在換成了朝氣蓬勃的「魔女與龍便利商店」招牌。

「好多了！」小女孩騎著大熊跑過來。

「你剛剛去哪裡？」

「我去探查敵情了！」小女孩從熊背上跳下來。「黑森林另一邊的巫師便利商店，生意可好得很呢！」

「怎麼會？那邊不下雪嗎？」

「也下呀，不過那巫師很厲害喔。」小女孩比手畫腳說：「他在電

臺上打廣告，和白雪公主合作結盟……而且好會用魔法，夏天賣不完的冰棒，他施了魔法以後，就變成暖烘烘的熱冰棒，一下子就被搶購一空。不過暖烘烘只是幻覺，大家吃了冰棒都跑到雪地裡乘涼，感冒以後又得去向巫師買感冒糖漿。」

「真有一套。」

「也難怪你生意會不好，生意都被他搶光了。」女孩一邊幫大熊刷毛一邊說：「人家巫師店裡的東西都施了魔法，你們巫婆店裡的東西，為什麼不用魔法？」

小火龍聳聳肩。「阿婆說，魔法雖然很有效，但是都有副作用。」

「巫婆心地不錯嘛，還會為顧客著想。」女孩說：「我爸說做生意最重要的就是要有一顆真心，會替顧客著想。」

「你爸？」

「嗯，我爸也有經營一點小生意，每天都跟我嘮叨他那套生意經，說是以後非要交棒給我不可。煩都煩死了。」

「他都說些什麼？」小火龍問。

「你想聽嗎？」女孩從口袋裡掏出筆記本，捧著唸：「老爸生意經第一條：賺錢之前，先真心替別人著想，想想別人需要什麼，想想自己可以給別人什麼。你越能替別人著想，你就賺得越多。」

小火龍眼睛裡有一個大問號。

「比方說，想想看，你們這個王國最需要什麼？王子和騎士們最需要的是什麼？」女孩解釋說。

「我們這個國家最需要的東西嗎？」小火龍在雪地上踱步，走出一圈又一圈的大腳印。「……有了，我有很多好點子了……」

「是什麼？」女孩興奮的問。

「……我們這個王國最需要的就是唱歌好聽的人了！」

幾天後……

皇宮的男生寢室裡，大王子、二王子、三王子都在打呵欠。

「無聊死了！小王子，你在做什麼？」他們喊。

小王子躺在沙發上。「我在看書。」

「什麼書這麼好看？」

「王子雜誌，冬日號。內容很豐富喔，裡面有救公主的紙上遊戲，以後下雪的日子不會再無聊了。」小王子說：「我這裡還有一本怪獸圖鑑、地下城冒險指南和世界各地公主分布圖，你們要不要看？利用冬天好好研究，春天的時候去救公主就事半功倍了！」

「你去哪裡買的？」

「小火龍的便利商店啊，就是以前老巫婆的那家。現在店裡又新又整齊，而且只要一通電話，小火龍就會飛來送貨到府喔！」

咚咚咚，有人在敲玻璃窗。

小王子推開窗戶，小火龍在窗外拍著翅膀。

「這是我們店裡最新的產品訊息。」

小火龍遞給他一張廣告單。「你看，寶劍亮光漆，讓你的寶劍閃閃動人。還有城堡玩具模型，都很適合漫長的冬日打發時間喔。最重要的是要通知您，本店最近要舉辦一場代言活動……」

小王子接過廣告單，廣告單的背面畫著一個長著火龍翅膀的小女孩，站在舞臺上。上面寫著：「王國史上第一場．星際女孩演唱會。」

很快的，不管是人類或火龍，獨角獸或小矮人，怪獸或騎士……王國裡的所有居民，都收到了演唱會的海報。

「演唱會？那是什麼？」小暴龍歪頭問。

「那不是吃的，寶貝。」暴龍媽媽耐心解釋給他聽。

森林北方的雪山上，出現小火龍用尾巴寫出來的數字。大大的數字每天倒數：5、4、3、2……

在數字變成1的那天晚上，火龍媽媽和火龍爸爸躺在床上睡不著。

「孩子的爸，你真的不擔心嗎？」

「你是說小火龍最近認識的那個怪ㄚ頭嗎？」

「嗯，那個自稱是從外星球來的女孩，說話顛三倒四，買東西不付錢，還很喜歡美乃滋。」

「我看過她那玩具似的火箭，上面還有四個輪子，怎麼可能飛得起來？」

「小火龍該不會被她騙了吧？」

「算了，年輕人就讓他去嘗試吧。跌倒過一次，就會學到教訓了。」

「就算跌得頭破血流也沒關係？」

「沒關係。」

「就算跌得鼻青臉腫也沒關係？」

「沒關係。」

「可是為了這次的活動，他跟我們借了一大筆錢耶。就算沒辦法還錢給我們也沒關係？」

「誰說的？」

7.森林邊的演唱會。

這一天，黃昏的森林染上一種興奮的金黃色。

「各位聽眾，黑森林地區的大雪，今天終於停了。雪山上的數字『0』在夕陽下閃閃發光，小火龍商店的神祕代言人：星際女孩，在黑森林東邊雪地上舉行的演唱會已經開始了……」

喀。老巫師關掉收音機，對著空蕩蕩的店裡生悶氣。

鈴……電話響了。是白雪公主的聲音：

「巫師先生，你怎麼不來參加演唱會？這個外星來的女孩唱歌好好聽喔，我簡直快融化了……」

「傻瓜！這麼一來就沒人要買你的唱片了！你不知道嗎？」

喀嚓。老巫師掛了電話。

叮咚！便利商店的門開了，兩個高大的人影走進來。是兩隻穿著黑西裝、戴墨鏡的大黑熊。

「歡迎光臨！」老巫師堆起滿臉笑容。

兩隻大黑熊走到櫃檯。

「請問你們有賣美乃滋嗎？」他們問。

「……賣完了。」

「那你有見過這個人嗎？」高大的黑熊拿出一張小女孩的照片，放在巫師鼻子前面說。

黑森林東邊、小火龍便利商店前方、夕陽下的空地上，燃燒著熊熊的營火。來自王國各地的人類與怪獸，圍繞著營火，輕輕隨著音樂點著頭。

演唱會已經進行到第五首歌了。營火旁邊，有一個裝飾著閃爍燈光的大雪人。小火龍輕輕拍著鈴鼓，外星來的女孩彈著吉他，坐在火龍背上，輕輕唱：

「流星劃過時許下的願望，
酢漿草的四片葉瓣，

糖果盒裡的最後一顆糖果，
沙漠綠洲裡的清涼水塘。
大雨中，媽媽送來的雨傘，
漂流的水手，終於見到的港灣，
口袋裡最後一個銅板，
偷偷在心底藏了很久的夢想。
一切珍貴的東西，是不是就像這樣？」

大白熊在旁邊敲著小鐵琴伴奏，叮叮噹，
叮叮噹。小女孩繼續唱：
「小海龜跑過長長的沙灘，終於擁抱到海浪，
流浪狗撿到香噴噴的便當，
逆流而上的鮭魚，終於回到家鄉，
用盡全力的蜜蜂，終於逃離蜘蛛網。
值得慶祝的事情啊！是不是就像這樣？」

美麗的和弦，迷人的歌聲，讓圍繞著營火的觀眾們都歡呼起來。

「對！」他們喊。

小火龍抬頭向空中噴出一道燦爛的火焰。小女孩換了一把電吉他，大白熊也把鐵琴換成大鼓和小鼓。觀眾隨著鼓聲的節奏搖擺著。

女孩繼續唱：

「但是，但是，
珍貴中最珍貴的，
是單純的相信，自己心中的光亮。
稀奇中最稀奇的，
是真心誠意的，為別人著想。
最值得慶祝的，
是飛越萬里星河，終於唱出心裡的夢想。
啊，是的是的，就是這樣！」

小火龍又向空中噴射一道火焰，同時低吼一聲發出信號。躲在森林裡的鴨嘴龍和迅猛龍得到信號，點燃煙火。

咻！王國的天空從來沒有這麼燦爛過。

王國的居民們，覺得自己被大雪弄得灰灰暗暗的心，又重新光亮起來。

就在大家起立歡呼時，三個人影衝出森林。

「就是她！」老巫師指著火龍背上的女孩。

大黑熊拿出無線電對講機。

「黑熊一號回報！」

「查出她的下落了嗎？」對講機中傳來蒼老的聲音。

「是，大王，她在一顆藍色的星球上。」

「快帶她回來！這回別讓她跑了。」

「是！」

大黑熊兵分兩路，慢慢向營火中央逼近。敲著鐵琴的白熊，用胳臂抵了抵小女孩。

「糟糕，他們來了！」

「怎麼辦？我特別為小火龍寫的廣告歌還沒唱……」

「可是現在不走就來不及了。」

「你把美乃滋加滿了嗎？」小女孩輕聲問。

「整整加了一大箱。」大白熊說。

「那麼，讓我把這一段唱完。」小女孩繼續唱：

「而永遠會讓人記得的是，
大雪中的溫暖燈光，
對陌生人的慷慨大方，
小火龍的便利商店，
謝謝你實現我的夢想！」

營火映照著女孩的臉龐，營火旁邊的雪人已經融化，
露出埋在雪人中間的小火箭。

小女孩湊到小火龍耳邊說：「謝謝你幫我實現了第一個夢想，我要走了。」

「你要去哪裡？」

「我還有很多夢想要去實現啊。」小女孩眨眨眼說。

「真抱歉，我來不及唱最後一首主打歌了。」

小女孩指了指兩隻逼近的黑熊。

「他們是誰？」

「我爸的手下，要來抓我回去的。」

「那……你快走吧。」小火龍說。

小女孩向大家揮揮手。

「安可！安可！」大家喊。

「謝謝！我愛你們！」女孩打開小火箭的艙門，和大白熊一起坐進去。

兩隻大黑熊衝上前來，大喊：

「沙拉公主，請留步！」

「公主？」小火龍擋在兩隻大熊面前。

「是啊，你不知道嗎？沙拉星的公主，銀河系最大企業總裁的獨生女。她父親買下一整顆星球，現在年紀大了，等著她回去繼承王位……」黑熊一號說：「你還不快讓開！」

「可是她說她還要去追尋夢想……」

「是王位重要還是夢想重要？」黑熊瞪著小火龍。

小火龍看了看周圍每位觀眾眼睛裡的光芒。

「當然是夢想重要。」他說。

在歡呼聲中，小火箭的引擎發動，冒出火光……咻，

小火箭高高飛進星空中。

8. 宇宙間最便宜的加油站。

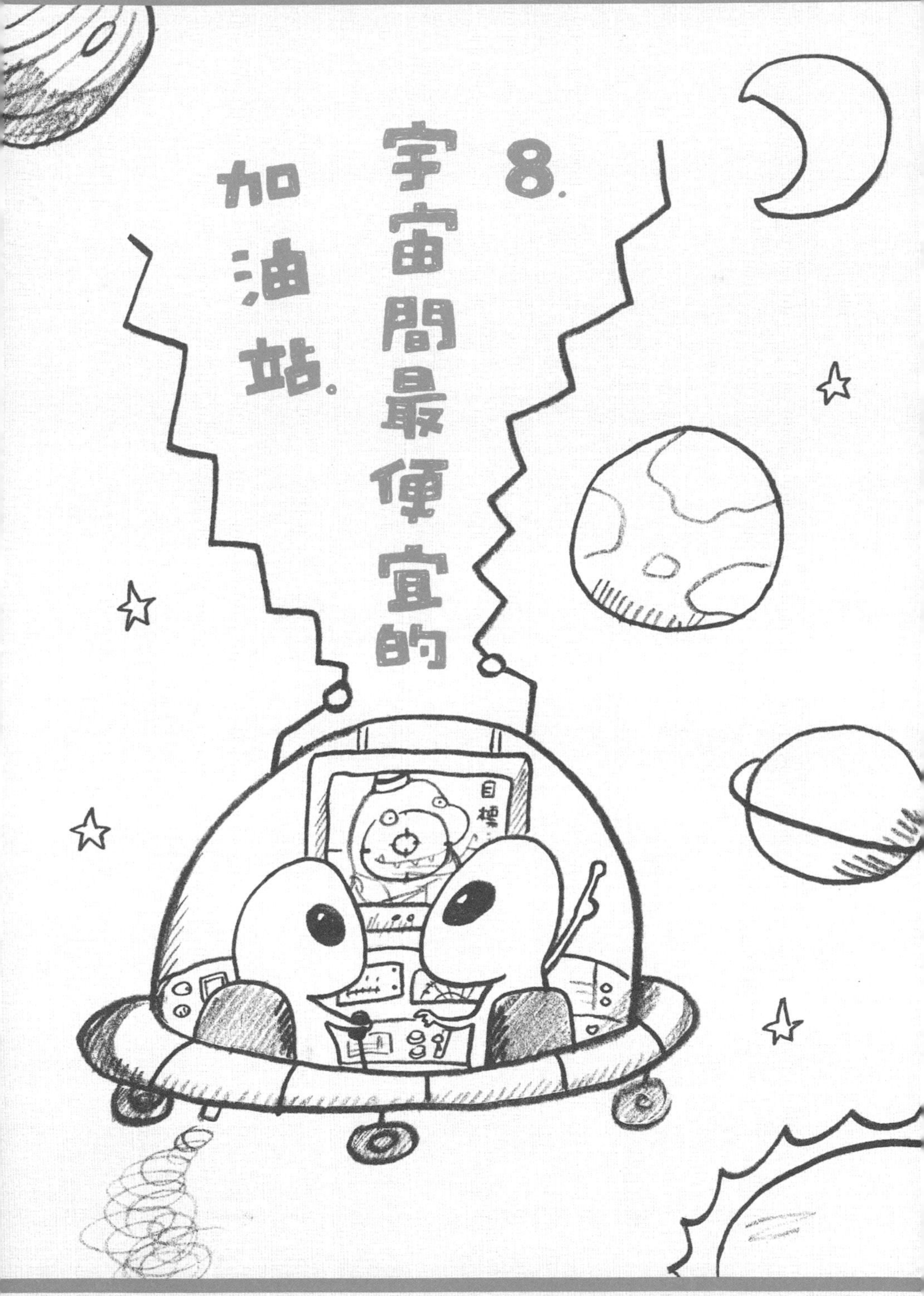

演唱會結束後的幾天，小火龍都在忙著清理演唱會留下來的垃圾。

玩伴們都來幫忙。

「你可真慷慨呀，小火龍。」九頭龍小妹妹用八個頭撿垃圾，一個頭說話：「向爸媽借了這麼多錢，替別人實現夢想，結果店裡生意也沒有變得好一點嘛……」

小火龍靜靜的用雪把營火留下來的灰燼

蓋好，沒回答。

「人家來店裡問沙拉公主最喜歡的商品是什麼，你竟然還回答說『其實除了美乃滋，她並沒有特別喜歡什麼』。」

「做生意最重要的就是要真心、要實在嘛。」小火龍聳聳肩。

「沒關係，這次失敗了，再去找別的工作就是了。」

小火龍嘆了一口氣，敲敲痠痛的肩膀，抬頭看著天空。

天空中出現好幾個閃亮的光點，緩緩下降。

「那是什麼？」

光點降落在雪地上，小火龍才看出那是一艘艘太空飛行船。奇形怪狀的外星人打開艙門，走到小火龍面前。

「小火龍便利商店嗎？」一個長得像小狗的外星人說。

「請問你們有賣番茄醬嗎？」

「請問你們有賣花生醬嗎？」長得像青蛙的外星人說。

「沙茶醬呢？」牛頭外星人說。

小火龍張大了眼睛。「有有有！」

「太好了！我們各要十箱！」

他們齊聲說。

小火龍愣住了。

「怎麼？怕我們付不起嗎？」牛頭外星人打開一個小箱子，裡面裝滿了金光閃閃的金幣。「這樣夠不夠？」

「太多了！」小火龍喊。

「沒關係，金子是我們星球上最多的東西。」外星人聳聳肩。「快把我們的油箱加滿吧！」

「是！」小火龍一邊往店裡走，一邊問：「你們怎麼

知道要來這裡？」

「沙拉公主在她的新歌裡推薦的啊，全宇宙的電臺每天都在播呢。」小狗外星人拿出一張唱片說：

「你沒聽過嗎？」

南方溫暖的小島上，浪花拍打著沙灘。老巫婆躺在沙灘上，一邊吃聖代冰淇淋，一邊扭開收音機。

「根據皇家氣象局研究發現，今年氣候異常的原因，是老巫師的魔法工廠所排放的大量廢氣造成的。國王已經派出小王子前去查封老巫師的便利商店，但是巫師本人化作一陣輕煙消失了……」

老巫婆嘆了口氣，搖搖頭。

「魔女小姐，你的信。」

企鵝服務生搖搖擺擺走過來，把一張明信片遞給她。

老巫婆戴起眼鏡。

明信片上寫著：

親愛的阿婆：
跟您報告兩個好消息。第一個是：
我終於找到自己真正想做的事了！
3.50
火龍郵政
MALMÖ
1.12.72
STURUP

我的夢想是希望在這個王國裡，有一個地方，在那裡不分怪獸或王子、有錢或沒錢，每個人都能進來放鬆心情。在那裡可以吃到絕不添加魔法的糕餅，聽著好聽的音樂，把煩惱都忘掉……

第二個好消息是，今年冬天，我總共賺了一百枚金幣。所以我計畫用其中的十枚金幣，在便利商店旁邊，開一間花園餐廳……

老巫婆嚇了一跳，從躺椅上滾下來。

魔女與龍 便利商店
9.小火龍的
花園餐廳

叮咚！花園餐廳的門開了。

「歡迎光臨！」小火龍一邊從烤箱裡拖出蛋糕，一邊向客人介紹：「火龍媽媽做的糕餅，保證不含魔法，你吃到的都是真實的天然風味喔。」

半露天的餐廳，陽光透過玻璃屋頂灑下來。王子和怪獸們各自在角落的咖啡桌上吃著點心。

音響喇叭裡又傳來
星際女孩的歌聲：

在遙遠的宇宙另一端，
在一顆藍色的星球上，
有一家小火龍的加油站。
這裡有全宇宙最便宜的燃料，

不管是巧克力還是蜂蜜糖漿，
美乃滋還是番茄醬，
都會用真心幫你加滿。

把油加滿，
向藍天出航，
重新去追尋夢想！

把油加滿，向藍天出航

故事結束以後，有一天，我開著我的小太空船去唱片行，經過小熊星座的時候，沒油了，只好降落到其中一顆星星上去加油。

「歡迎光臨！」一個女孩從加油站跑出來。「啊！是你！」

「你認得我嗎？」我歪著頭問。

「你就是那位以拖稿出名的作者嘛。」女孩笑著說：「你不認得我嗎？」

她把鴨舌帽摘下來。原來是……

「沙拉公主！」我脫口而出。「你長這麼高了！」

「是水腦把我畫太矮了。」

「你在這邊打工？」

「是啊，你要加什麼油？美乃滋？番茄醬？還是橘子汁？」

「普通的汽油就好了。」我打開油箱蓋。「對了，你的第二個夢想到底是什麼？實現了沒有？」

「第二個夢想？我不會隨便告訴別人的。」她戴上鴨舌帽，插著腰說。

「那就算了。」

「除非你求我。」

「求求你。」

「好吧，看在你苦苦哀求的份上，我就告訴你。」她靠在我耳邊悄悄說了幾句話。

我睜大了眼睛。

「真的？」
「真的。」
「怎麼可能？」
「當然可能。」
「沒騙我？」
「不騙你。」
「真的？」
「你再問下去就沒篇幅了。」女孩聳聳肩說。「油箱加滿囉，您要刷卡還是付現？」
我摸摸口袋，糟了，出門前皮夾忘了帶。
「沒關係，這次的油錢就記在親子天下的帳上好了。」沙拉公主說：「不過你也要說說看你的夢想才行。」
「我的夢想啊……」我轉頭看著藍天。「我希望找到讓全宇宙的人永遠快樂的方法。」
「怎麼可能？」
「當然可能。」
「沒騙我？」
「不騙你。」
「真的？」
「啊！」我指著左邊說：「你看！」
「什麼事？」女孩回頭。
「沒篇幅了。」我跳上太空船，咻的一聲飛向無雲晴空。

啊？都快
畫不完了，
還要我講話！？

先講講關於畫圖這件事。

居然出到第三集了！沒想到跟哲也的孽緣如此綿遠流長……

！

這本，一萬多字，妳加油！

邊讀初稿邊偷笑的美好時光瞬間即逝……

噗

文字轉換成畫面的任務必須即刻執行！

跟編輯討論完草圖之後，本人開始進入神龍附體、人龍合一的境界……

然後再度按下「重度宅女模式」啟動開關……

重度宅女
（示意圖）
有意見？
自閉症？
她都黏在椅子上不會動耶……放著不管沒關係吧？

這本書的插圖生產過程，基本上就是這樣的循環……。水腦的屁股跟椅子每天相親相愛密不可分，人不是在公司就是在家裡的椅子上，眼睛直盯畫紙或電腦，好像沒有終止的一天。直到稿子終於送進印刷廠的那刻，我才真正重返人間！

再說說關於夢想這件事。

應該就是做一些既愉快又足以證明自己存在的事吧。

比方說，夢想有一天能住在一個光線很透的房子，
那裡有足夠的空間，
放得下我和我的書我的音樂，還有我愛的人，
每天畫畫圖讀讀書唱唱歌喝喝咖啡掃掃地之類，
閒散的很開心。

再比方說，夢想做一個不受控制無邏輯的隨性繪者，
一直到好老好老了，眼裡還能閃著孩子氣的興奮，
把那些我覺得好笑的東西全都畫下來給你們一起笑。
若我的圖能讓你開懷一點、心暖一點，
那就是水腦夢想成真的時刻。
你一定會聽到我在你耳邊說：
嘿，謝謝你完成我的夢想！

其實懶人水腦的最大夢想就是過著閒散安逸的每一天……

最後當然不能忘了感謝這件事。

感謝哲也閃亮亮的好故事。雖然畫圖絕不是輕鬆的事，但邊想像著一幕幕的情節邊把它變成一頁頁的畫面，是件極有樂趣和成就感的事。

感謝這段期間體諒和了解自閉兒的編輯、家人、同事、朋友。雖然我總在工作狀態中沉默，你們的愛卻讓我知道自己從來不是孤獨的。

當然，還有捧著書讀到最後這頁的你。讀者的期待和支持，是我永遠的動力來源。多謝！

Bye.
後會有期！

啥？你是說還會有4、5、6……集的意思嗎？
用力甩開
別激動嘛，我只是隨口說說……
（反正你宅也不是一兩天的事了）
讀者這麼愛我，我不捨離去啊……

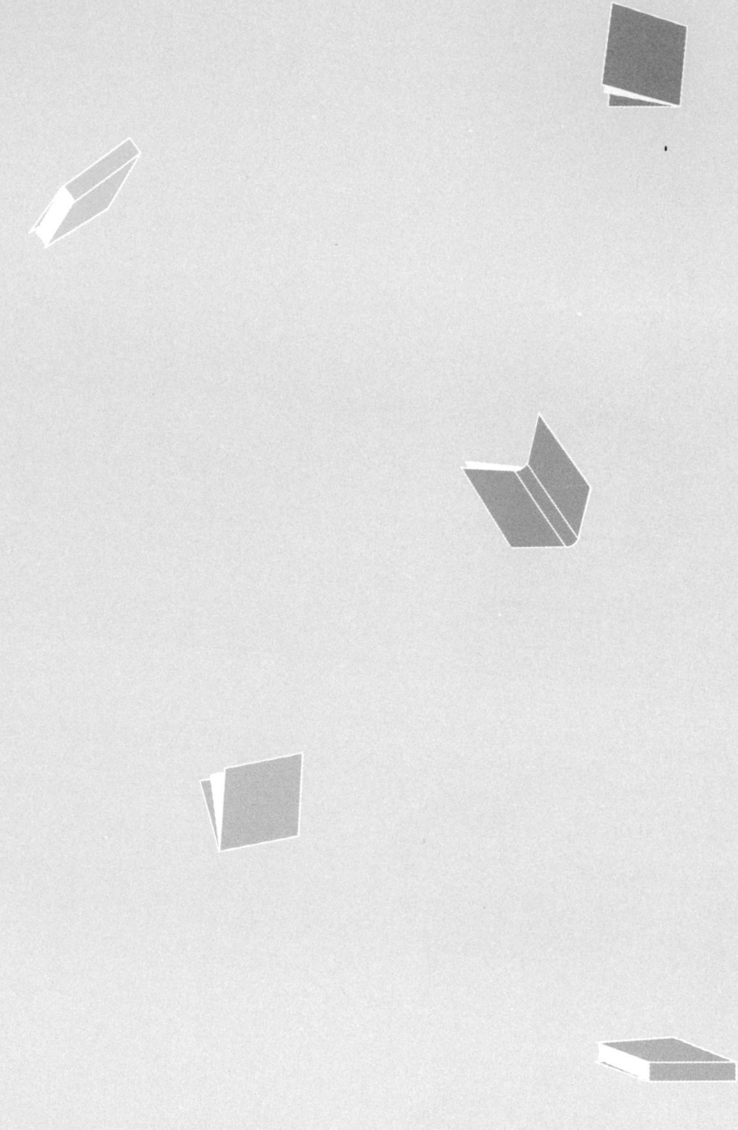

閱讀123